歌集　「ロフ」と言うとき

なみの亜子

砂子屋書房

＊目次

I

II

Ⅲ

Ⅳ

Ⅴ

Ⅵ

装本・倉本　修

歌集　「ロフ」と言うとき

そして毎晩　健康な背中がほしい。

「園丁は夢見る」より／ヘルマン・ヘッセ『庭仕事の愉しみ』

I

鳥の子ひとつ

東側の窓にあたりて二度三度鵯《ひよ》はおおざっぱに
われを起こしぬ

葉桜のしげりのなかをいそがしく鳥の子ひとつ
暗がり遊び

六月もなかばとなればうぐいすの谷の渡りにアレンジの増す

ぎぎぎいと声あげたるは枝打ちを受けてよりながき歳月の杉

風の夜を軒に吊るせる雨合羽は道失いしひとのごとくに

牛蒡牛蒡

山のみどりようやく本気になりくれば見つめる
体位を開脚とせむ

猟友会のオレンジ・ベスト固まりて見上げてい
たる山の入り口

足裏の小さき白きが駆け抜ける土色のつち踏む
わが心に

牛蒡牛蒡、と呼ばれいし我をつかまえてマッチ
のような頭《ず》に刈りき母は

なにもかも　どうでもよくなるということの羨
ましさに母を思えり

石が出た

体内に石のうごけるくるしみをふかき前屈姿勢
におとこは

蛇たちの大きく育つ川べりに犬を引きゆく蛇は
らいつつ

川底に伏せしてすわる犬シィは肩まで水につか
りたくって

じんめりと雲の動かずある日々を身体は水気増
しゆく　重し

石が出た、石が出た、　とぞ厠より繰り返し聞こ
ゆ男のこえに

寺掃除一番さいしょにお供えの花の乾きて落ちいるを掃く

カブトムシ

わが庭のトネリコの樹の七本にカブトムシ集い交配しきり

カブトムシ採りに来てよと方々に言えば子ら登り来る二度も三度も

朝露に膝下までをひたしつつ深くなりたる草を刈りゆく

民族のごときつゆくさひと花を引けば根は根を呼びてふんばる

そんなんとちゃうのに　刈りゆけばうずくまってた怒りが立った

夏の夜の腰に貼りたるホッカイロ冷えてしまえば血は身を鎖しぬ

誰からも遠くはなれて朴の葉のひとつ朴の木見ぬ山にひろう

草ぶとんのなか

台風のなごりの雨に谷あいのにぎわいおるを耳にたしかむ

雨戸鎖し濃度あがれる闇の間を口づけながらしたるおしゃべり

朝靄を手にわけてゆく山みちに猪《しし》の掻き跡ぬれぬれとして

彼岸花彼岸の入りを咲《ひら》かずに迎えしずかな挙手の群なり

なんとなく肩のすぼまる秋の山に、おい秋山来たぜ、と声かく

刈り終えて犬とわたしの寝転がる草ぶとんのなか青き花あり

山螢袋のもとにあら草のほのぼのとせるをこの年は見ず

〈本日の放射線量〉から入るホームページありぬ一度入りぬ

刈りし花の青さ思《も》いつつ　朝刊に走り書きして
歌片置きたり

なお人に残されているものとして木の間木の間
を満たす秋の陽

香典袋

葬儀場の送迎バスは畠山タイヤのまえに人集う
を待つ

バスに乗るにもまず家よりは車にて山を降りく
る山の人らは

降った降ったと喪服の人ら寄り合えばまず昨日
の嵐を言い合う

水かさの大きたかぶりに宗川はなお雨降りのつ
づくごとき音

土壁の朽ちすすみゆくあの家に老婆居たるを死
して知りたり

含め煮の鍋の火とめてしばらくを香典袋のありか思いつつ

見えぬ火

朽ちすすむ小屋にも秋の陽のあたる山のほぐれていたるひととき

杉山にメタセコイアのいっぽんは秋終盤を全身
でほめく

山間に闇たれこめるを夜として古き写真を出し
きて見おり

落ちていた小さな木の実小ささを思いだすとき
ふるえるまぶた

見えぬ火のいましも汁をあたためつ人の降りた
る山の小屋にぞ

ストーブのなかに言の葉湧く時をあなたの方へ
椅子近づけぬ

夜の森を世界にかえてしまうまで鹿の声ひとつ
またひとつ生まれて

西吉野の山間集落に暮らしている。ここも年々人が減り空家が増えている。まだ暮らしの痕をなまなまととどめている家もあれば、長いこと放置されて朽ちるままの家もある。その風景には、跡形もない、というのとはまた違った淋しさがある。残された物が、記憶しているよ、と語りかけてくる。記憶として、ここに在った営みのこまごまが語られることの淋しさ。震災以後の、人と営みを失ったいくつもの場所の、とてつもない淋しさを思う。

しゅうまい

狩猟期となれる深山をてっぽうはどこまで入り
ぬ秋草分けて

歩をとめる一瞬のあり草やぶにかりんの黄の実
累々たるに

色もてるままに降りくる葉もあれば秋の川面の
ややにざわめく

師走初旬　雪は三日を降りたれば坂巻橋に事故
の四たび

明け方にあっと思いて見上げたる天辻峠しずか
に白む

しゅうまいをどこへやったと訊けば訊くほどに
泣きじゃくるなり母さん

泣きたさが身体でわかる母むすめ午後いっぱい
をしゅうまい探して

たいせつの母の豆餅も三ダースほどは秘かにゴ
ミとなしたり

見飽きねば見続けるなり桜の体ゆっくり雪に描
き出されるを

II

倒木停電

明け方に雨は重たき雪となり地上にどかどかの
しかかりゆく

やがて山に谷にひびける断裂の杉の檜の立ちつ
つあぐるこえ

背のたかき檜の縦に裂くるがはながくながくわが耳にさけぶ

二、三度のまたたきののち電源は絶えぬ村は雪に埋まる

ランタンと達磨ストーブ引き寄せて家内《やぬち》に見る界雪にあかるし

懐中電灯さげて麓に降りくれし君の雪まみれにし赤卵《あかたま》ともどる

風雪にあらがわぬまま風雪の行いを全存在にしめして倒木

樹のこえ

ながき棒に力をこめて枝たたきたたきても雪は
樹々より無傷

先端を地にひたすまで樹のたわむ地にあれば枝
埋まるまで雪積む

倒木に窓割られつつ降りきたる車に酒積み「戻る」と言いぬ

雪の日も鵯《ひよ》は樹に寄り樹にとまるそこに小さき風雪起きて

電源の遮断されたる集落は降り積もりゆく雪にともさる

山の深みに働きはじめしチェーンソー伐られゆくとき樹のこえ太し

長袖シャツ

あさなさな天窓こまかく打ちつづく音に覚めおりこまかきに驚き

金木犀のふところより来て硝子戸に光る此方を目指してひよどり

母親の下着詰めたる紙箱を父親宛の荷物につくる

冬用の長袖シャツを二枚足す〈母に着せて〉と添え書きつけて

パンツどれもゴムびろびろで母のはく父のパン
ツもひらひらしおり

どれくらいぶりかシャンプーしてやれば母より
匂う雨の日の樹皮

じゃが芋のキムチスープに温もりておまえの料
理はいい、と言う父

二人目のわが亭主さかなに米焼酎〈しろ〉を空けたり父と冬の夜

ひよどりの打ちくる窓をわが朝のもっともあかるき場所と思いぬ

鳴る骨

春雪のなかに樹の芽をひとつずつひとつずつ食む鳥時《とき》かけて

じゅうぶんに汚れはてたる地の上を春のあらし
はころがりやめぬ

力づくの倒木なればたおれいる木を跨ぐなくよけてゆきたり

ひとの不在のようやく骨にしみいりて風に冷えれば鳴る骨となる

たじろぎているにあらねど峰に向き前傾ふかくなりゆく体は

みみず一風散

黄卵のごときがあらわれくる方《かた》へ車は向かう霜
をときつつ

梅の里抜けて入れるトンネルにほんのりぬくき
半身のあり

ホームには先端あるが淋しくて先端に立つ灰皿くらし

明日香駅近くに〈みみず一風散〉とあるに毎回目は奪われぬ

寄らば斬る、的なオーラを全力で出しいるつもりも人の寄りくる

まぶしさに瞑りがちなるまなぶたのうちに人影
またたき続く

帰ろうよ

近眼に見たる四月のしらゆきは高みより降り降
りやまぬさくら

木の椅子の背より倒れて起きるなく春のあらし
に四肢を吹かれぬ

犬たちのくわえて遊ぶ長靴に好きで貼りついて
るんだね花びら

低き陽に干せる千切り大根の笊にひなびてゆく
日々ありき

手がおぼえ手がこねあげるパン生地のわが手の
ひらに応えくるまで

山際にぼうぼうとある春日暮れ　帰ろうよ　と
言ってくださいあなた

ひと声を鳴きて遠去る夜の鹿ひかるまなこに行
方しめして

杉の葉の風に降れるが当たるおとさびしき屋根
の下に菜を炊く

鳩、きつね、指につくれずなる母はむしろきれ
いな鳩に似てきつ

肺に手をあてて眠りぬ息をして息をして夜をふ
かめながらに

古い毛布

雲ふかき山の家にも人の住むまばらまばらに住
むさびしさに

チェーンソー谷に働くいちにちを取り囲みいて
山のしずけさ

杏の花咲きました。としてアップするタイムラインにぽてりと一花

国道へ出でゆく車の一台のわれの加速も前のめりなり

きのうきょうお陽さん違えるごとき空半眼にしてひと風もなし

おっさんの古い毛布や　お互いを嗅ぎつつ犬に
かなしきこと言う

崖にのりだす

三つ四つの考え事にわが車は脱輪したり崖にの
りだす

目の前の山ひとたびを伸縮し衝撃ののちかたむきいたり

垂直にずんと沈みてわが体は左へ左へ軸をうしなう

腹ふかく打ちてくいこむコンクリにつなぎとめられ車とわれは

宇宙船のごとき扉のあけ方に脱出すれば車は宙に

道の端にタイヤふたつでつかまりて車は崖の角度に垂れいる

崖下に人家のあれば車ごと落ちずとどまりしわれ褒められぬ

麓に見る車は山にぶらさがる郵便屋は口を縦に
あけたり

大山蓮花

一つずつしっかりした葉に影なせる大山蓮花は
風を冷やして

夏風はここ抜けて来よあつき葉に大山蓮花のつくる谷間を

山沿いは雨、といえども降らぬ山あえぎあえぎて縮みゆくなり

渇水のただごとでなき川底に筍の皮貼りつきており

山火事は永《えい》谷《たに》という撤水のへりの行き来を見上げては数う

夜の風にかわける布に触れたれば別れを告げし日の背にさわる

山の腹

夜の明けの山にこもれる昨日《きぞ》の熱起きてみてまた犬は寝にゆく

オリーブという名の犬の飼い主は人を殺しにゆきてもどらず

はやばやと胡瓜の丸葉の枯れながらかりかりと
鳴る山の畑に

山津波おこせし山の工事場に落石のありまたひ
と死にき

崩壊の日より剝きだす山の腹　土は土連れすべ
りやめぬを

速報はキャスターの顔にかぶさりて警、害、災
の文字を読ましむ

ユーチューブに取りてテレビの流す画《え》にやばい
やばいよと人の声入る

音量を七目盛り上げ天気予報見たり撲ちくる雨
にこもりて

打楽器にあらぬがトタンを打つ雨に拍子とりゆくわが身体は

III

五新鉄道2013

【五新鉄道】奈良県南部の五條から和歌山県の新宮へ、紀伊半島を縦貫する総延長120㎞の鉄道計画。大正八年の陳情議決以後しばしば工事が中断されながら最大の難所である天辻トンネルの貫通に至る。平成元年、建設断念。西吉野にはこの〈幻の鉄道〉の路盤、鉄橋、多数のトンネルがそのままになっている。

晩秋を木の枝《え》に垂れる渋柿のしたたるもの入《い》る
袋のごとく

玉葱は竿竹にならび吊るされて葉をのばしゆく
玉を脱ぎつつ

このごろは近くまで来る夜の鹿の小枝折るおと
目つむりて聞く

夜の更けを角をしごける樹のしたに鹿吐く息の
白熱いかに

レッツ・キッスを踊るあなたの夢を見き短パン
はずんで砂埃のなか

2013年初秋　整形外科にて　脊髄損傷

尿袋ぶらさげにつつ窓際のベッド電動にひとを
起こしぬ

足の指力いっぱい逆海老に反るをもどせどもど
せどしたたかに反る

血栓防止医療用ソックス紙オムツ療衣コルセットどれもみな高い

車椅子で自宅でできる仕事ですか、と尋ねられしをひとには言わず

キーワード「脊損」に索《ひ》くアマゾンの本いくつかはカートに入れて

すばやく強く「脊損ではない」と否定して今朝
の排便の困難を訊く

轢かれたる狸のごとき様態に棕櫚の木の折れた
るが道にありたり

線路なき五新鉄道谷またぐ谷より巻きあがる蔦
を枯らして

なにものも渡らぬ鉄橋このようにさびしきもの
を渡す山合い

落葉焼くひとのおらねばわが山に落葉つもりて
かさつくばかり

座位とれるまでの五十日水っ気のおおき流木た
りしあなたは

車輪もつ椅子に移され駐車場側の窓べにながく
居るという

窓の遠くに稲の刈られて田の枯れて目に追うの
みのきみの秋冬

くろぐろとねむれる山に帰りつく家の障子に犬
の影うごく

2013年初冬　リハビリテーションセンターへ　転院

車椅子でどこにも行きたくないひとの車椅子押す自販機までを

車椅子で自立できるよう五ヶ月間がんばりましょうと言いき先生

あたたかき冬にもやもやもやせる山か輪郭まれにおぼつかなくて

南天のアオキの実を食い彼岸花の球根を食いひもじい鹿たち

五足目の靴買いゆけど気にいらぬまず靴を履くというができぬも

なんでこんなことになったんや霜の山に入れば車を四駆となしつ

山をつらぬくトンネルまでを力みなく鉄橋は立つ山の高さに

ようようと胸をひろげてとびたてる山のとんびは急ぐことせず

ハクビシンの家族棲むとう排水路ゆうがた犬はきっと嗅ぎゆく

冷える夜の屋根として山の鎮もりぬあっけらか
ーんと星はつどいぬ

流星群見よとうメールのとどく夜を見るべき方
位わからぬままに

垂直に夜をしたたり落ちながら水はまもれり管
の凍るを

ひとつぶひとつぶ水死なせゆく音として聴ける
つめたきわが夜の耳

左脚の痛みと痺れをとる腰の手術　術後の血腫が
脊髄を圧迫し損傷した　なんともなかった右脚も

小さき雪に山並みふともにぎわいぬきみの足ど
りを記憶せる山

たっぷりと踏み込んでゆく山みちに渓流にきみ
のむかしの歩みは

平行棒に手ふるえつつ立つきみはなだれゆく樹の　ぷるぷるとして

ぞっとするぞっとするわと自《し》が下肢の薄くなれるをひとは見るたび

廃校の旗立てに金具こんかんと風のリズムを鳴らす泣いてまう

私小説のなかに降るごと小さき雪川面にふうと
消えゆくどれも

山を背にとんびのめざせる次の山五新鉄道ゆっ
くり越えて

いくつものトンネルくぐる鉄道の眺望は常あた
らしからむ

新緑のころのグリーンの膝掛けをあなたにあな
たと呼んで渡そう

かすか水仙の香りのしたたり雪のしむ浸潤ふかき
土踏みゆけば

Ⅳ

絵のペン

触れたくてみずひきの花見つけたり小さき花に
指の腹で触る

点滴につかまりにつつつ手術室へ歩みゆきたり
しかと歩みき

流木のようだと思いしきみにまた逢いたりしずかに波打つベッド

すぐ戻る、ような机上にありたるを病室へ持ちゆくきみの絵のペン

晴れてさえいればなんでもないことに泣きたくなって雨中の紅葉

「脊損」の語の交じりつつ診療のありぬ　もう泣かなかったきみ

持ち帰り杉板の廊に置きたればリハビリパンツのブルー明るし

しょうがないしょうがないよと繰り返す私は私が大嫌いなり

ひと冬を戻れぬひとは病院のベランダにいて雲
をうごかす

あの日より

あの日より抽象的な世となりて犬の行く道につ
いてゆくのみ

失う

車椅子のひとに手をふり別れきてうつむいたままの手のひら寒し

冬の陽に光れる山のはるかなり山鳩がきみを飛び去りしのち

どんぐりの帽子拾いつつ山をゆく人だって失いたくないものを失う

木枯らしを抱きて樹林に生《あ》れたるは遠いところでやまぬ潮騒

冬雨に朝は濡れおり　床《とこ》ふかく沈めるわれを引き上げよわれは

稜線ひとすじ

ずいぶんと昔から来た　犬と行く川に削げたる
流木ひろえば

あしたには雪に変わりし雨なれど南天の実の濡
れつづけおり

もっとはげしく心ふるえよ雪雲に失われゆく稜
線ひとすじ

夢にひとはキャッチボールをしていたり駐車場
のようなところで

どの靴もどの靴も鳴らず立たなくて歩かぬひと
の足に履く靴

もう死ねと自分に言いて歩き出す杉に暗める山のなかへと

誰かひとつ置き忘れたる手袋のごとき朴の葉秋の深みに

バッテリー

東へとうつりゆきたる大雪ののちの二日を閉ざしぬ山は

かろうじてミモザの幹の耐えて立つなかば氷れる雪塊載せて

朝晩をながく凍れるトンネルや橋や山かげうかうか行くな

陽のわずか高き昼間を雪わたり灯油、おでん種買いに走れり

節分にかかげられたる柊の小枝ゆさぶり谷風のぼる

雪山となれば遠のく山々にとんびのひろげる羽
のおおきさ

病院に入りたるひとの通勤車顧みざればバッテ
リーあがる

横になれば痺れてならぬ両下肢をひとは今宵も
やるせなく寝ねむか

耳のフリル

五新線経由してくる谷風は耳のフリルをきんと
凍らす

生きながら死んでゆく樹よ山がわの樹皮より獣
の唾液に病みて

投げ出してしまえという声ボイラーに雪ふみわけて灯油注げば

ひと冬のながき夜を籠るかたわらにブルー・レイ特価品積みては崩し

水仙の花に風ふくさびしさはきっと生まれたことのさびしさ

パック寿司

障害に等級ありぬわが夫は二番目の重さと申請さるる

外泊を届けてきみを連れ帰る車中に待たせパック寿司買って

山やまに連翹さくら　撮るという声すれば車を路肩に寄せる

ジェットコースターのような心と言い置けばとり落としたる何かぽとんと

白みその酢みそに和える春のぬたどんぶり一杯食えちゃうよねえ

移り来て最初に植えたるさくら樹の花の下吹く
風と気づきぬ

V

ロフストランドクラッチ／陽にかわく草

卯の花のひと枝ごとに花満ちて小さき風にも枝よく振れる

新緑の山に光沢ありたれば眼を細め見る山のおちこち

茎ながくクローバーの葉の繁りたりそこに寝そべるのが犬は好き

ともかくも冬を越えたりストーブに鍋かけ手羽先スープ啜りつつ

積雪に折れたる枝の乾けるを集めてまわる春ともなれば

いつからが春でありしか羊歯となりそよげる蕨を谷に数えぬ

春告げて春を越しゆく鶯は日ごと日ごとに鳴きを鍛えつ

山がいちばんきれいな季節《とき》やと助手席に言うを聞きつつ退院の日は

*

杖の音に入りくるひとに犬たちは犬たちの認識
あらためてゆく

ゴム履ける杖の二本を腕にはめわずかな段をの
ぼりかねつつ

杖の名はロフストランドクラッチという「ロフ」
と言うとき息多く出る

あたらしき歩行にひとの動くとき犬の二頭は杖
に即《つ》きゆく

障害者手帳交付の知らせ来ぬ体幹２級（介護者
付）とあり

＊

陽のあたる川面にひかり立つ朝をひかり分けゆく犬をしたがえ

谷まよう靄にときどき見失う石裏嗅ぎてうごかぬ犬を

住む人のなき家三軒つらなるを行き来する鹿いち、にい、さん頭

ひろびろとあるか空家の庭先を跳ね飛びたちまち駈け去る鹿に

たんぽぽの綿毛飛べるを雄犬は虫追うごとく鼻あげて追う

家に待つ歩めぬひとのいるなれば汗かきのぼる
家への山路

あら草のわが太腿に触れるまで伸びつつあるを
刈らねばならぬ

樫の下うすもも色の山つつじ吹かれるときに花
の薄かり

*

病院の匂い　ときみ言う　洗いものしつつ言い
返す　薬の匂いや

両杖のグリップ以外のもの持てず座ればものを
取りには行けず

何もかもどいつもこいつも腹立って腹立って投げくるたとえば尿瓶

夫婦して朝から晩までトレパンを愛用するにいたるこの頃

両下肢の痺れひとときも止まぬとうあなたの眠りに渓の風吹け

＊

キャンプチェアにきみを座らせ草刈り機と工具ならべて手入れを頼む

スティール社のわが草刈り機十年を越えてまだ刈る刈れるが嬉し

千円のチップソー刈れ味するどきに草刈る身体
は背筋伸びゆく

虫除けのスプレー汗に流れつつまなこに入るを
こらえつつ刈る

わが夫の病みて歩けずなりてより会えなくなり
たる誰彼おもう

刈り倒す草吹く風にわが鼻の芯までとどくあおき草の香

ガソリンの一度切れたるを補充してふたたび戻る草立つ山へ

水を飲め、塩飴なめよ、とうす暗き家よりきみの声のしたるも

エンジン音以外のなにも聞こえぬも草刈るリズムにわが呼吸《いき》を聞く

アルツハイマー進めるという母むかし手拭いかぶり鎌で刈りいき

＊

犬のため窓を網戸にして出でぬリハビリセンター
ーまで九十分

冬越せる落葉とともに生きのびしかめ虫はつか
む窓の網目を

リハビリを待つ間ソファーに居眠りぬ歩み難き
人行き交うなかに

良くなった？　ときみは訊かれずこの院で脊損
のひとに訊く者おらず

まぎれなくきみは踏めるも感覚のこわれてそれ
が土とわからぬ

鳥の声だったと気づく明け方のわが夢底をかよ
いいたるは

身体ごと母はるちゃんに会いたいよわたしこん
なにくたびれちゃった

高き陽の下ゆく人の誰も誰もまるくさびしい影
をはなさず

＊

廃校のプールに水なき歳月を蔦の這いゆく夏は
みどりに

梅雨入りのころより雨なく湿る山ひくく飛ぶ虫
追いて鳥降る

山帽子ことしの花のおおぶりなひらきに夜の一
角白む

ブラインド係に犬の飯《めし》係あなたに増えゆく暮らしの係

刈り終えし山しばらくは見栄えよき山となりたり陽にかわく草

六月の鶯のながきヴィブラートわが身深くをふるえゆく声

VI

いちの木ダム

シャガの花までを一気呵成の春の花たんぽぽ綿
毛を飛ばし終わって

あれだけの花びら無くて川水はいまその蕊をま
とめて運ぶ

大水になだれし斜面にこの春もひょろこい蕨の
一帯見たり

いちの木ダムまで車に乗せてダム渡る橋のふた
つを歩行させきつ

クローバーいよよ密なる春土に犬の寝そべり体
をくねらす

犬シイの伏せて動かぬ草むらにわれも伏せれば
草の森あり

あさなさな尿瓶あらえる草むらにミントそだち
て香りをはなつ

両杖に敷物なおしゴミを寄せあなたはあなたの
範囲をかこう

ゆるキャラ

六月のうぐいす鳴きの腕あげて日の暮れ方をひくヴィブラート

雨雲のかんむりかぶる山並みのこらえて立てる高きひとつは

夏野菜植えそこないし山畑にヒメジョオン伸ぶ
群れずはぐれず

はるちゃんはもうゆるキャラだよね会えぬ間に
母は脱ぎたり母なるものを

こんなにも家事に夫にくたびれて陽を追うよう
に母を思えり

草の香

両杖の廊うつ音にゆっくりと耳をうごかす犬の
シイ・ココ
杖に立ち朝《あした》の窓にブラインドあげてあなたがあ
らわす山並み

卯の花のうなづきやすき枝先に両杖ふれてきみを歩ます

茄子の苗入荷されたる西林酒店にぎわう山の人らに

草刈り機きみが刃を替えわれが刈る草の香いっぱい立たせてくるね

ぽつんと

湯気のたつ梅ジャム瓶に注ぎつつ送りたきひと
思《も》うその表情を

動かざる雲のためたる熱気受けだるくてならん
山は立てるも

痙《けい》性《せい》に歩行の上達はばまれてきみは籠れりきみ
の障害に

リオレサールきみに増えたる筋弛緩剤系の薬の
その名書き留む

小花もつ樹に近寄ればおんおんとおんおんと蜂
の現場は沸きぬ

避けないで歩くわたしと犬二頭蜜とる蜂のいそがしければ

養蜂の巣箱ぽつんと山の面《も》に置かれてぽつんとしてるよ真四角

道造り

ヒメジョオンすっすっ伸びるわが山に草刈りの
手のゆき渡らねば

刈り倒す茎の手応え手強しもヒメジョオンの花
ひかえめに咲く

きゅうり山載せる軽トラ近づきて犬引く我に山
分けされぬ

現実として貧困をきわめつつもらった胡瓜日に
三度食う

身支度をするも難しき夫となり稼ぐというは難
度の高し

道造り今年はかあちゃんわれが出る座って草でも引けよと言わる

災害弱者

洞川の方位ぶあつき雲の巻く乗鞍岳のおぼつかなき峰

雨粒の顔に痛しも雨樋をふさぐ葉を掻く雨合羽着て

避難準備メールにふるえる携帯の古きに遅れスマホが唸る

まぎれなく災害弱者のわが世帯二人と二頭で雨を見ている

山桃の実の摘まれなきまま雨のなかちいさく赤くともるもの遠し

羽化したての羽のごとくにすきとおる茗荷の花は濡れ土に浮く

こぶらがえり

お彼岸の中日あした鼻ひらく金木犀の香のする
方へ
いい光。犬を放ちて朝の陽に体温あげゆく樹々
のなかゆく

背たかき紫苑のそばを通るとき花のあたりは頻に過ぎつつ

また居なくなったと聞けばふとよぎる電話のなかを母はるちゃんが

母を忘れ置き去る父を母さがしさがしに行った母を父さがす

日照る山に刈れば筋肉硬直し登り帰れぬままに
時過ぐ

こぶらがえり、言うやつおったな。ふくらはぎ
抱えて山に転がりにつつ

くたびれた身体を捨ててゆく心秋のひかりの刷
毛の大きさ

鹿の息

山畑のネットにかかる鹿の仔の弱るを待ちて人
ら見にゆく

三日四日網にかかりし鹿の息ほそりゆくともま
なこは濡れて

絶望はむしろなつかしき手触りにわれをとらえよ山に鳴く鹿

富有柿秋の斜面をだいだいに染めつつ日ごと量感の増す

ぼんやりとぬくたき秋の山の宮うごかぬ蛇は飛び越えてゆく

失くし失くしてゆたかになるか山の秋落葉のなかにきざめる歩み

杖の音ややのんびりと移ろいてとまれば窓に山を見るひと

身障者仕様の車は秋雨を粒にむすびてながくまといつ

ご近所に

鉄橋を這いつつもみじする蔦の底の抜けたる赤
さのふかさ

山峡に銃声ひとつ鳴りたるをしずまりてのち落
ちくる葉っぱ

犬と我とはつ霜の霜踏みきたり土のおもてを小
さく壊しつ

腹底よりごおっと出でくるひとの声ああ歩きた
い歩きたいんや

ご近所に熊降りきたるを回覧に知りぬ大ぶりな
鈴を出しきぬ

夢の駅舎

ああと声出でつつ夢をおしやりぬ眼《まなこ》ほどけば眼
より冷ゆ

小米雪降り降るくらき山の朝テレビ灯して起き
ずにいたり

まず薬缶いっぱいの湯をつくるまで夢の駅舎に
もどる心は

脚がかたい脚がかたいと廊をうつ杖のおもたく
響く方《かた》より

わが声の湿りを奪う小米雪言ってはならぬこと
ばかり言う

ひとを置き犬と出でこし家の屋根雪は粒まま吹きつけられぬ

まっくらな息溜まりゆく待合所朝のこころはそっとしておく

Ⅶ

羽ひらくおと

月金はパンの入る日大玉の小銭にぎりて西林酒店へ

りんごパンと袋ラーメン購いておまけにもらう飴色のイカ

大塔の子らのスクールバスゆけば手を振る尾を
振る雪の夕べも

軍団となりて鳥はとりかこむとんび一羽の羽ひ
らくおと

緩急をもちてとんびは旋回す雪雲とぎれしあか
るき山を

こころは遠くへ歩めるものを一歩ずつ重たく運
ぶ山の家路は

牛タン

強く強くつむりていたる両の眼に熱のごときの
ありぬ朝方

牛タンがバケツいっぱい食べたいよ昨日言いいし椅子の冷えおり

紛争の種は貧苦にそだちゆく今朝はミルクの量にあらそう

ヒヨドリが嘴に突く木の柱あんたいつからキツツキやねん

夜の間の猪《しし》の搔き痕ぬれぬれと親しくさせる冬
場の土を

みぎひだり来た道行く道樹の降らす雪つぶの音
に満ち満ちて森

雨でなく雪

雪雲のもうもうとしてかかわれる山並み今日も
見定めがたし

山の宮までの登りのふたつめを折れたるよりは
雨でなく雪

くるしみはまだ増えますか音のする茶色き落葉集めて焼けり

近鉄に身をはこばせて四日市〜名張の間をおおく眠りぬ

大腿骨にボルトの三つはるちゃんは押してもらえる車椅子が好き

わが夫の障害を例に父説す「ママは車椅子で痴呆もあるし、ね」

二分咲きの梅に降りくるにわか雪梅花は真白でなきを知りたり

谷よりの冷気に脚をかたくする坂巻橋を渡るそのとき

死のことを思うこの世に石蹴れば犬の二頭は追いて遊べる

踵から

退院ののちの一年いくそたび見上げ見上げて山に立つ桜

株立ちのミモザ太枝いっぽんの折れて伏す地に
黄花泡だつ

殺処分数の二桁に達したるよりは機械的につぶ
すカメムシ

雨おおき春の終わりを開けぬままいくつかの窓
に眺めはありて

ふかいふかい疲れのなかを踵からおりてゆくの
だ夜ふけて鹿鳴く

こころのつかれ

草のなかのぞけば昨日の雨の土すこし深めに草
立たせおり

半分でやめてしまいし草刈りの草に敷地は線引きされて

気の鬱にとじこめられて山に向く窓より遠く遠くでねむる

母にまだ貼紙の字の読めし冬「こころのつかれ」とあかるき声に

谷に水しゃがむを見たりかわいくてかわいそう
だった母とうひとは

数ばかり数えていたり調子よく数える母の声に
陽のさす

92でやめてもいいかと母の訊くまた数えだす23
から

義母亡くし母を施設に送りたりおぼろげに春は
過ぎていたりき

起伏

ほのほのと明けゆく空を窓の面《も》に樹影が朝の
樹々となるまで

伐りたての生木のごとき重たさに横たわりいて起きがたき身は

性欲は根こそぎ失せていたりけりこの夏ゆめによくものを食う

硝子戸のこまかく揺れて杖のひと起きては来たり痛き身はこぶ

盛りたつ草のふかみにつゆくさの花のひかりて
青を放ちぬ

オリーヴの植わってたとこスコップの小さきを
探す深草分けて

すこしずつ仕度はすべし夏雲のつくる起伏に朝
の山立つ

自立訓練センター

あめあめあめ雨の七月山桃は熟れぬまま実を降らせやまざり

ずっとずっと調子のわるきあの人を自立訓練センターにやる

人の世は苦痛にまみれつゆ草は雨にひらきて青
いろ洗う

明け方のカラス滑舌よろしきに飯のありかを伝
え合えるか

あんたにはなんも言えんわ朝の露おびてつゆ草
青くぬれ咲く

四人部屋にプーさん借りてプーさんと楽しく暮
らしているとう母は

消灯の部屋に黄色いプーさんとお話しはずむ母
であるらし

オオバコの上にしゃがみて犬と見る峠を車は重
たくのぼる

峠には鳥の駅舎のあるならむどちらまで？　など訊き合う夕べ

劣化

草刈りに剪定伐採たのもしきシルバー人材に任すひと夏

粉《こ》を飛ばすキノコ残して草刈りの男三人山に土見す

とらの尾の小さき花のふんふんと草刈る音に花さき振れる

ここの奥さん草刈りうまいと聞きました　奥さん我は劣化はげしく

できない、としっかり言えたるわが声を思い返
せばエノコロ光る

彼岸花はやばやと咲く山の辺に夏を逝かしむな
にもなさざり

ひよやん

楽しくて生きるはずなく前足の痛む犬連れ糞させにゆく

細雨のしょぼしょぼつづく晩の秋木守りの柿は粘度増しゆく

ひよどりはひよやんで良し渋柿の梢ゆらしてよう食うひよやん

あたたかき秋とはなりて一本の樹に紅葉はグラデーションなす

電柱と校舎の屋根に交わされる秋のとんびのながきおしゃべり

峠までとんび三羽の連れだちて空の奥行きひきのばしゆく

日々参る宮さんに一度も願わざり長生きだとか幸せだとか

重心の日々に下がれる円形を木守りの柿にながめていたり

遠くの焚火

二年前の今ごろいつも車椅子のひとを運ぶに呼《い》吸《き》硬くして

本当にたいへんなことは具体的記憶とならず遠くの焚火

剪定の足りない高き枝先に蜜柑はまるく冬の陽を浴ぶ

生き場所は死に場所ならずはつ雪の早もやみいてまぼろしの峰

脊髄の損傷例えてメルトダウン……と言いかけたるをとどまる危うく

撮れ撮れ

朝からの積もり四十センチを越えたればロック
されたり雪山家族

行ってみる、と障害者車輛に出でしひと辛くも
戻る雪増しくれば

一台の車もゆかぬ雪峠ひとこえの鳥も啼かぬ雪山

三日後までリハビリ行くなと言いきかせ言いきかせる時噎せたり雪に

犬たちと雪遊びして撮れ撮れとひとをいざなう山映す窓に

雪を吸いつつ

ひと晩を荒れたる風に転がれるポリタンク集め
給油にはしる

春待たず咲ける梅花に降りながら吹きながら鎖
す暴風雪は

ひとたびを積もればこの世にあらぬごと雪山の
なか雪を吸いつつ

遠白き記憶にきみは雪を掻く両下肢にバネあり
き力強かり

冷えも凍てても感覚なれば感覚を失いしひとに厚
着を命ず

雌犬のおねしょシーツもひろげたり梁から梁へわたる干し紐

雪やめば屋根より氷れる杭垂れて結界をなす

つくづく無力

ひかりの粒

濃き風によそがぬ花というものの梅花はひとつ
ひとつで咲《わら》う

鹿の息雪のにおいに覚めたれど闇のおもくてま
た目をつむる

心かて凍って裂ける起きてからノンストップで
人をののしる

氷点下二度の土間辺に給油して給油ポンプの呼
吸はぬくし

好きかどうかは埒外にして夢のなか夫でない人
ばかりと逢瀬

杉山に降りたての雪のかがやきはとんび降下に
照り翳りして

昨日より十五度上がって輝《て》る空をとんび分けれ
ばひかりの粒舞う

あとがき

『「ロフ」と言うとき』は、私の第四歌集になります。二〇一二年春〜二〇一六年の春頃までの作品から、四一三首収めました。主に所属誌「塔」や総合誌、新聞等に発表した作品ですが、第Ⅲ章は、詩歌文藝誌『GANYMEDE』60号での五十首詠より四十二首を、第Ⅴ章は、同誌61号での五十首詠全首を収録しています。この第Ⅲ章〜第Ⅴ章が、夫が思わぬ受傷により入院を余儀なくされた七ヶ月間にあたり、また私の母のアルツハイマーが一気に進行した時期でもあります。どちらにもただ無力なままの私でした。

二〇一六年の五月には、十三年間の居となった西吉野の山の家を降り、夫の出身地である岸和田に移っています。盆過ぎにはあちこちから、だんじりのお囃子を稽古する音がし始めます。いいもんやなあ、と思いながら、もう山が懐かしくなります。雨の日の動き続ける雲や鹿の声。樹々の息吹やまっすぐな陽の光。とんび今日もかっこええやん。降りたらふうふうふうふうふう登って。

出版に際しては、前の第三歌集『バード・バード』に続いて砂子屋書房の田村雅之さん、装幀の倉本修さんのお世話になりました。『バード・バード』の本としての美しさに感動してから五年。山の暮らしの最後を収めたこの本を、また砂子屋さんに手がけてもらえたことはたいへんな歓びです。厚くお礼を申し上げます。

平成二十九年十月五日

なみの亜子

「ロフ」と言うとき　なみの亜子歌集
塔21世紀叢書第314篇
二〇一七年一二月二〇日初版発行

著　者　なみの亜子
大阪府岸和田市岡山町五六〇―一（〒五九六―〇八一四）

発行者　田村雅之
発行所　砂子屋書房
東京都千代田区内神田三―四―七（〒一〇一―〇〇四七）
電話　〇三―三二五六―四七〇八　振替　〇〇一三〇―二―九七六三一
URL　http://www.sunagoya.com

組　版　はあどわあく
印　刷　長野印刷商工株式会社
製　本　渋谷文泉閣